歌集

アペリティフの杯

上村典子
Noriko Uemura

本阿弥書店

歌集　アペリティフの杯　目次

Ⅰ　二〇一五年秋〜二〇一九年

装幀　長谷川周平

歌集

アペリティフの杯《はい》

上村　典子

I

一輪を置く

履かせしとふ馬のわら沓まるきかな頁のなかに秋の陽を浴ぶ

つゆ草の天ぷら旨しつぼみまでいよよ悪食ならむわれらは

待ちをれど列車が発車してしまふ座席にいづれかのこるやうに訣れむ

藤の実の三つ四つ垂れて末枯れをり負けが込みゐる冬とおもふに

ふゆの日のバタースカッチキャンディーが十三歳のわれを連れくる

死者にまた深く愛せし死者あれば紺の表紙に一輪を置く

体幹

鮨つまむ右の手指のそれほどになまぐさきかなわれのこのごろ

このひとの娘を息子をうまざりし身体《からだ》おとろふ茶筒のごとし

散歩道あぢさゐ新芽の萌ゆるなり胡麻よごしにて喰ひつくしたし

体幹を鍛へよとふこゑのする体幹は春の笛となるべし

つつじ咲くころをさむがるわがこころ満開なればかこまれてゐる

桃太郎名を負ふトマトのでこの張り捻り鉢巻似合ひさうなり

撫子のはなびらいまだひらかねば巻物一巻ほそきくれなゐ

朝採りのきうりを塩に揉むときし湯灌の脛の手にかへりくる

出来粗き夢を見てをりさむがれば電気毛布を父に購ふ

元彼女

大水瀬《おほみなせ》小《こ》水瀬《みなせ》の端《はな》の灯台は指貫ほどの白さに立てる

青紫蘇とめうがをきざみ酢を打てば酢めしに秋の陽射しはうごく

昭和八年、室積に俳友を山頭火訪ねる

〈わがままな旅の雨にぬれてゆく〉句碑の裏にも海光とどく

凪荘の二階軒端にをとこものをんなものの乾し物かかぐ

日なたより日かげに入るとき吹きてくる四角三角風はぶつけて

冬木原が狐の腹巻編んでゐるここで眠らば寝過ごすきつと

行者のごとみじかくふかく眠る昼山陽本線四辻あたり

正中線ますぐにせむとスクワット炭火のやうな息を継ぎつつ

蝨けものめざめむとする屈曲をおもひみるべしわが股関節

居酒屋の掘炬燵にて触るる足元彼女《モトカノ》とわれをおもはせたきよ

紆余曲折の曲のあたりをやってくるオート三輪すみれを越えて

焼きうどん薄口醤油にしんなりのキャベツ食べたし東京発てば

片頬に押し寄する春のちさき雲その下輝く明石の海は

藪漕ぎ

おほるりのこゑのしつぽが曳きてゆくふつさりつやめく五月の明けを

おほこのはづく抱卵中にて薄目あけひとの気配に耳をし立てる

チャルメル草と指につぎつぎ触れゆけばチャルメル草は触れられてゐる

渓に咲くミズタビラコは背のひくしわれらを見つけをののくけはひ

筒鳥のこゑをとらふる一行のあふのくがありうつむくがあり

森ふかくこゑを殺せるマムシグサ探鳥をするわれらを見つむ

渾身の藪漕ぎを受けやうやくに桂木山は頂上ひらく

あげはてふ幾度もとまる由美さんのピンクのリュック花の一輪

笹百合のにほひ愛でむとかほ寄するをとこかはゆしまなこをつむる

桑の実のうまき一樹のありどころをしへくれたる老いの眼わらふ

鉛筆

錆止めの油を差せばトイレ扉《ドア》泣くをやめたり二月の夜を

乳白の木蓮蕾む霧の朝小鳥もわれも息をととのふ

腹腔をひらく刃先の圧おもひ白木蓮《はくれん》蕾むを見上げてゐたり

十本の鉛筆けづり並べたり出陣前のをのこと呼びて

放縦なる鹿の跳躍今朝は得よ四月はじめのひかりを浴びむ

アベリアのあばるる枝のやうなればパーカッションの少女の美《は》しき

ニゲラ咲くころ

地震報道押しよするなかにしんとある訃報四月の死者に加はる

七冊の歌集を編みてみちのくのひとりの逝きぬニゲラ咲くころ

『北窓集』に骨髄穿刺の一首のみをさまりゐるを読みおとしゐき

火薬擦るべし

かすかなる死臭ともかをりとも車輪梅の垣のつづくも

たかんなを茹でつづけまた食べつづけ射干のほとりの日蔭をあゆむ

雲の垂れ雉鳴く野辺のたひらには火薬擦るべし手はよごすべし

しづかなるたたかひつづき負けしとはけつしておもへぬ負けをもらひぬ

アンチョビの塩味臭みをころがして舌に味はふ中年晩期

快哉を叫ぶわれをり首都圏に台風九号迫る天気図

江戸表までの路銀と渡されし熨斗袋あり箱のふかきに

架橋

第三土曜日には歌会に行く

家並よりしばしば海の高く見えきらきらとして今児島を発ちぬ

セーターの襟より汗ばみ架橋越ゆ歌一首のみたづさへゆけば

朝の間の雲量とばす風のあり潮目をはかる釣り舟五艘

初冬の海のきらきらきらきらを呑みほすのみのわれとなりゆく

みせばやの鉢をたまはる誕生日花の言葉を静穏といふ

小細工をせずにいけとふ野球監督のコメントのあり日々願へども

盥なる文字《もんじ》のみづの瞬けり歌ひとつ得てあかつき眠る

駅舎沿ひ黄色のカンナ咲きのこる誰をも閉ざす十四歳《じふし》のやうに

セーターの袖口黒きをひきのばし手の甲おほふ　生《あ》れ落ちし者

鹿の鳴く

花札の猪と鹿刷られゐるゐのしか煎餅甘みのあはし

鹿の鳴く夜のそこひにえにしあるひとははつかにこゑを発しぬ

背《せな》に唇《くち》触れて朝寝す割れくれば乳にじみくるしたしきたひら

人気《ひとけ》なき美術館より見下ろすは爪先立ちに梅にほふ女《ひと》

これの世に聞くはかなはぬこゑといふこゑのみちたり寒中の空

ごんぐり

油津のごんぐりたのしみ酔ふ真昼堀川に沿ひ歩みしのちに

堀川のながれに融くる冬陽射し人柱とふおこなひありき

K

村田コロ下仁田葱とご主人をしたがへわが家の門灯の下《もと》

柴犬のコロ七歳に出会ふたび触らせてもらふみじかき時間

しやうがねえなあちつとは相手してやるか上から目線のコロのをかしき

パスカルの小屋まだ朽ちず秋ふかむ初雪かづらのくれなゐの透く

シクラメン花の深紅をパスカルの臨終の舌と見し冬の歌

十八時ウニホーレンを食しつつ白のワインに無軌道となる

小いわしの天ぷらうましうましとてまなじり下ぐるこのひとが夫

卒業生、享年二六歳

自死遂げしＫを呼びだす夢にまた睫毛をおろしＫよこたはる

あほやなあみたびよたびわれはいふラガーマンＫは死にたる

みそ汁のうはずみに今朝は溺れたり春菊くつたり目ン玉に付く

生活音といふに苦悶をにじますこれのポットは湯の滾るまで

脱　藩

ドラッカーコレクション　水墨画展（山口県立美術館）

恵徹の大根《おほね》りつぱにふとりたり歩みて軸にたどり着きけむ

ふたり子をかかへ脱藩旅寝なし玉堂のこす「青山半秋図」

狂逸の笑ひひびかす雪村はかたむく舟に月影を射る

二尾の魚やはらかなれど水草に鋭《と》き線見する崋山一幅

黒糖饅頭

長芋を鉢に擂りゆくあひま聴くゆふべのラジオ初場所なかび

薬喰《くすりぐひ》明治の馳走は何ならむ子規の句めくり分厚き今年

両足は床《ゆか》にしつかり踏み込めと消しゴム握る右手が指示す

ひっこみのつかぬ花芽のほころぶは連翹一輪ぬくき寒中

六人の歌会のなかば踏ん張りが利かぬと黒糖饅頭わたる

野のひろく駅のかたへに開業のすずらん歯科の玻璃反射する

トランクルームにきじばとの親子閉ぢこめてわがものなりとおもへど目覚む

芍薬のまあるきつぼみ眠りをり窪田藤野のふたり子の遺児

呑み残すコップのみづが連れてくる光《かげ》におぼるる朝のくらがり

ルッコラのサラダのみどり引き寄せつよろこび泣くをいまだ知らない

めうがにはめうがのこどもひそみゐて貝割菜にもほそき子のそふ

水栓をきゆつと響かせそれからをかをりこしきうり母わかくして

きちかうのつぼみのやうにふくらむは空なりわれにも育つ音のす

分水嶺

提案はしりぞけられたり面妖なる入れ子のやうな感情のひとに

さびれゆく秋の祭りに連れ立てばおもひがけなく山車のいきほふ

三歳《みっつ》ほど年下なれど姉のやう弥生さんより新味噌届く

風ややにつのる日なたに細密のちさき筥なる黄菊のゆるる

倉敷川のほとり歩みし十八歳四十年経ていまなほふたり

りやうぶの樹桐の樹木下をすぐるときただまつすぐにまよふなといふ

熊笹の山蔭に入れば冷えきたり分水嶺を越ゆる列車に

日なた美味し日なた疾く去ぬ山蔭にひとりずまひの山姥のこゑ

横死とふことばのなかによこたはる水晶のやうなしろき死にざま

ドーナツの穴

草生にはふたつのボールあかときをかがやく月にはづまむふたつ

ふきのたう梅桃の花まるきもの春をにほひぬドーナツの穴

白足袋のひい、ふう、とをが風を踏むくるりくるりときさらぎの軒

右肩がさがると母の言ひしかな補正タオルをふはりのせおく

グラウンドに白きハードル寄せられてああ宿題のなしわたくしに

敷き藁を施せとある指南書芙蓉の苗は三百円なり

しろたへの梅大福には餡のなか梅の実の坐す種もそのまま

金つばも買うてがま口ぱつちんと　甘党の父母死んでをるのに

四月一日

あぢさゐのつのぐむさきをあらひをる雨音のなか先生のこゑ

こゑ低き行間の似る和田村のひとりと諏訪郡諏訪町のひと

ツツピーとさへづりうるほふ晴れ間なり花まだかたき四月一日

のちの世の歌会のあらば座布団の薄きをかかへ列なりたきよ

〈つきつめて過ぎれば痩せていく歌は〉手帳に電話の聞き取りのメモ

暴れ萩

払込用紙の枠の藤の色すずやかにあり大暑の朝

赤点の生徒四人の補講する夫にまだ来ぬ夏の休暇日

ゑのころのみどりくるりと夏休みもう失くしたる夏休みくるり

水着にて川へと走る日盛りを岸に待ちゐし母のパラソル

ティンパニの乱打のごとき暑熱なりかぼちゃ煮含め汗の流るる

自生せし萩一叢はわが庭に育ち育ちて暴れ萩なる

ひまはりの熱量われはをさめたり餃子十個を食したるのち

秋あり

得意かも鷲の、戦士のヨガポーズ汗にじませてあしゆび悚ふ

豆腐屋の金のラッパの縁は濡るゆふべ七つの雨降る坂に

芙蓉咲く肌やはらかきをさなごをおほふ日避けの帽子のやうに

虎刈りにせしおとうとを線路越え床屋へ連れてゆきし秋あり

コピー機のみどりの光がわたくしを睥睨しつつ右へと流る

だいぢやうぶ

届きくるこゑは小さき瀑布にてぬれをりひとり朝光のなか

だいぢやうぶぢきに老婆になるよといふ塀に立ちたる竹のはうきが

抽斗をひらけるままに旅に出づ　梅、桜、うさぎの切手こぼるる

約束を守り心身強健の日日草なり　好みにあらず

読み継げる武田百合子と飲む昼のそれからのちは居留守をつかふ

友は亡く友の歌編む未明なりパソコンの温みに両の手を載す

古き書肆原稿ひろぐる卓上に　榠樝の実ひとつころがりにほふ

時雨月六日の雨は冷たくて誰が手こぼるる黄の毛糸玉

東京のはつゆき積むてふ霜月の上水《じやうすい》南町《みなみちやう》君の屋根にも

兵児帯

われらより高値の鮨食ふ隣席のいさかふこゑのするどく低く

ひむかしへ父の兵児帯流れゆく冬のゆふべを銀鼠の雲

遠くなきふるさと山口けふもまた雪しまく画像はわれおどろかす

フランクのオルガン曲に精神の漣なすと聴きゐし二十歳

ケアホームの間にほつかり保育園貝のお椀のやうに灯れる

遠出する日和となれば蕗味噌を芯につめたる白飯《しろいひ》むすぶ

山眠るねむりこけゐるきさらぎの湯平《ゆのひら》温泉やや日長し

茶香炉に白折《しらをれ》燻らす小さき宿湯平の山にひとひを籠もる

これほどに

咲く躑躅垣はつづけど声の無しチベット族の焼身抗議

節たがへ夏うぐひすの声はよし稽古のはじめ誰に倣ひし

犬に

これほどにしづかな日ざかり留守番を強ひてゐたのか新緑の庭

金盞花そのさかづきの湛へたる雨のこぼれて晴天あくる

やはらかき声帯ひとつ燃えゆくか梅雨晴れの午後葬りのありて

名を問へばほたるかづらと先ゆけるひとりの答ふその青き眸《め》を

悪いけどわたしはそつちへ行かないよ三叉路に来てつぐるこゑあり

没、没、没

ボツといふ雨の来たりて没、没、没とにぶき雨音坂道の秋

よきことのけふのひとつは夫選りし二尾の秋刀魚の目のきよきこと

シラカバの細幹のやうと見入りをり武川先生がペンなる字体

かをるのみ銀か金かと木犀のさがしてと夜をかくれんぼする

還暦のころの母をし寂しめるわが歌のあり　いますこしわらふ

夜ごとに洗ひしまへる木綿《ゆふ》布巾おなじくこころ照る白さある

一重なる白さざんくわを姉と見む姉あらばわれ何と呼ばれむ

その脊柱を

水仙の二輪のゐまふ塩瀬帯締めて元日出汁をひくなり

三人の歌会詠みし柏崎驍二をおもふ雪ふる冷えに

ひまはりの種のお代か餌の皿に山の木つ端のひとつのこさる

石膏の背丈小さなマリア像そのうしろでの窓辺を過ぎぬ

十七歳《じふしち》の滑落とめてくれたれど信仰とほく捨てさりしわれ

午前四時読みはじめたる近代史炭火の熾《おき》が爆ぜむとするも

ずるずると歯切れのわるきがつながりてこの世紀なほ近代蠢く

父なりし時代が終はるころほひにやうやく見むとすその脊柱を

陶の羽

君が手の鳩のかたちのみづさしの陶の羽にもうるむよ春は

習ひたる弁財天のポーズして笑はせてをり夫なる男《ひと》を

野に放つ虎の子のやうまろばむとする甘夏を食ひおほしたり

蛇蝎のごとく憎まれてみよ　憎まるる度量といふがわれには足らぬ

楓《ふう》の木はめきめきわかばつのらせり就学児童の大きため息

餓　ゑ　戊辰一五〇年または維新一五〇年歌会

松陰の母なれば

とどまりて見送るのみの母お滝ながき夜半を聴きけむ河鹿

青年の享年二十九《にじふく》歳火打ち石かちあふ音す海のあを見ゆ

笑まひつつ会津のひとの寡黙なり庭に指しゐる八重のどくだみ

斗南なる餓《かつ》ゑおもへば苦しきに今宵酌みあふ〈飛露喜〉の美味し

第七三期本因坊戦

ひしひしと黒白《こくびやく》攀り盤上に水勢つのる文月一日

どこへ

亡き友のふるさとに向かふフェリーにてうどん食ふかな友をしまねて

母上に守られて友ののどぼとけ坐しゐる窓辺に文月のひかり

それぞれにくるしき思ひを抱へしよゆゑに友でありたりし友

係留の舟にほのほを移さずにしろく朽ちるをわれは見てゐる

夢に入るまぎはを啼ける木葉木菟ながく恋ふるはひとりにあらず

白き皿のふちを欠きたりわれは今朝いつたいどこへ航きたいのだらう

夕光は乗る

芒いろのカーディガンの少女なり腰までの髪に夕光は乗る

枇杷の木に枇杷の花咲く耳遠くなりにしころの父のまなざし

掲揚のポールが朝の風に鳴るフィヨルド深く氷雪を咬む

向きあつて知るも知らぬも濁酒《ドブ》を飲む

ドブとルビ打つてあるなり山頭火昭和六年拾遺の一句

カンパチのあら煮仕上がり首尾の良しへうたん型の箸まくら置く

恨

おもてなし、か

だんだんと過呼吸となる東京は何処にも微笑みあふれかへりて

ひつたりと本音ひとまづ隠す筥摩訶不思議都市大東京は

筆の穂につたなくのの字りの字生れ歌を離《か》れたる友思ふなり

恨《ハン》のみがひとを動かす力なりひそかに信じけふまでのわれ

相談を呑みこみのみこみ肥りえず夫は丸いポストではなく

病みながらこころ健やかなる生徒めぐりにありきその後を知らず

午後はやく雪見酒せむ約束のかがやき仕事はかどる午前

遺棄されてゴミかわきゐる遠近《をちこち》に紅梅白梅つぶらにひらく

爪か目かあかとき梅の花の咲く虐待死せし子は叫ぶなく

コミセンの春文化祭頼られて四時間うどんの湯切りすわれは

この女《ひと》はわたしが嫌ひ丁寧な言葉選びにエッジがひかる

ええぢやないか

菜の花の黄がそそのかす薄着して鼻風邪けふは弥生の二十日

徘徊を花はいざなふ杖をつく媼は缶の酎ハイを手に

〈沸騰の精神〉とふゴッホなる書簡の一節朗読を聴く

ひたすらに列車の圧を待ちつづくレールにも似る人格ゴッホ

高層の窓に棲まねば駆逐せず頓珍漢とか天邪鬼とか

ええぢやないか、一揆、はたまたうちこはし　語感にはしやぐ読書の時間

登美子の衣

気山《きやま》と三方《みかた》、十村《とむら》を過ぎて雲あつし本泣きとなる小浜沿線

十五歳五月登美子のまなじりの強くうつくし頰のにほひて

鉄幹の朱筆「濃情あふれたり」いちごの歌の右に添ふなり

終焉の座敷のすがし朝光《あさかげ》は庭より夕光《ゆふかげ》書院より入る

登美子の忌経て十九日の曇り日をしだれ桜の三つ四つ咲けり

登美子さん晶子さんと呼び慣らし学芸員の声音の深し

地模様に透かし入れたる登美子の衣その背にひろがる蘭の葉と花

発心寺伽藍はひろしここに来て見つけ得ずゐる登美子の墓を

空腹のわれはするするいただきぬ辛み大根蕎麦のひと碗

伝記には薄幸のひと登美子なり異なる見解小浜にありて

山は山の海は海の幸あれば御食《みけ》つ国《くに》と若狭呼ばれき

肘笠雨

濡れ帰る肘笠雨の玄関に先に点れる明かりがにじむ

「天地結界」（山口県立美術館）二首

暗箱《あんばこ》にのぞくカラクリ生き死にの吐息は冥し　下瀬信雄展

胎内の突起にも似むクサソテツそのモノクロームの無呼吸さわぐ

少し折りひさしをあぐる夏帽子ルリマツリ咲く門扉に寄りて

水筒のこほりが時に鳴るリュックさつきとメイの夏休み来る

待ち針の球《きう》さまざまのいろどりのひかるさへおそろしきかな　朝

酔芙蓉まろき花殻掃き寄せついまし赤子の口塞がれむ

こはれてゐてもかまひませんをくりかへし背後追ひくる一台のあり

灯油燃すにほひただよひ初冬《はつふゆ》の六十年前母は産みにき

床暖房にしりべた温めながめゐる九千人の移民キャラバン

年忘れ歌会にして六時間昼弁当に和みましゆく

一首には三通りの読みわらわらと立ち上がりきて泣き笑ふ作者《ひと》

のぞみ六号三度乗りたる極月にわが柚子小さしされど搾らむ

文語なり

鏡台は老妓のやうなまなこして新春《はる》の陽かへす紅絹《もみ》をあぐれば

くちずさむ小椋佳は文語なり水仙一輪小首をかしぐ

口内炎三昼夜灯りせつなくて　口答へ得意の少女期でありし

まるくまあるく金柑灯る柚子ともる　グレタ・トゥーンベリの瞋れるまなこ

梅園の歳旦祭の星月夜かたきつぼみの天にちかづく

白菜の重みと水分じつとりと包める新聞のやうなるひとり

おでんとごはんごはんとおでん交替に食べ継ぎ昼の灯りは低し

大地とは並行をなせ大腿筋椅子のポーズに花びらは載る

ウェブスター作、松本恵子訳『あしながおじさん』

数学とラテン語落第再試験ジルーシャ・アボットは永年の友

ゴム長を履かむと覗く底ふたつうす光りして冷気がしづむ

十薬を梔子を錆朱にかへてゆく風奔るなり庭の低きを

月の夜いさり火眺め散歩した犬よわたしのこと忘れたね

目礼のうつくしきひと立つやうな行間といふ白見つめをり

六月はクリムト描きし女なりややにひらけるうすきくちびる

わづかなる歌の仕事が集め来る金を記帳すＡＴＭに

難民船地中海にしづむころわれはも金の桁かぞへをり

クレンジング重ねかさねて家壁を脱色するごとうつくしきニッポン

洞　其中庵

昭和七年九月二十日より其中庵（小郡町矢足）に山頭火住む。

柿の実のひとつ実あをし十歳のままなる種田正一ならむ

母フサの位牌置きけむ小さき棚しよひつづけたる縁なしの洞《うろ》

をごほりの汽笛きこゆる山里に酔ひどれの男六年を棲む

復元の濡れ縁に坐せば好みたる縞萱の斑は夏陽を弾く

暁の月あかりにて米研ぎし井戸はのこりぬ山まどかなり

Ⅱ

にほひなきもの

旅行くを中止の弥生ひと月のいぶせさに捨てつ黴噴く鞄

霏霏と降る雪なく迎ふる春にして霏霏とふりくるにほひなきもの

集めたる王冠に当たりはづれあり画像のウイルス陽気にわらふ

いつの日に名付けられけむホトケノザ摘めばシソ科のつよき香りす

神々の円居はつづくムスカリの細き背丈の群れ咲く日なた

チョコレートいちまい入つてゐる秘密肩掛けかばんを散歩の供に

山雀と四十雀のあらそへり楓《ふう》の巣箱の春の入居を

火をつけよ桜燃え継ぎ列島はうつくしからむ弓なりにして

とほく投げまたかへりくる白球のややによごるる四月の寒さ

鼻が利く如才なきものが出できたり地球史半ばをころがしてをる

おとうとへ荷物の隙間つめおける宮内伊予柑みつみつと輝る

手縫ひなるマスクふたひら入れおきぬ加持祈禱知らぬ気休めなれど

青葉の重ね

職持たぬ八年が過ぎ何者と問ひかく何を問ひながら来し

しばらくの昼寝のころほひおほるりもこるりも鳴かぬ青葉の重ね

すもも食べ手を打つをさなご立つやうなひとつ樹の下ゆふべとなりぬ

三和土にはうらがへりたる朴歯下駄君の早世比喩して言へば

秋海棠花ひらきたりぽちぽちと少女に灯るくれなゐの爪

かかとと背中

しづかなる正月が過ぎ寒をすぎたまひし餅食《もちひ》ひあますなり

〈八朔の雪〉を想へりまろきまた小さき遊女のふたつのかかと

「爪に火をともす」は貧しさではなくて手袋にかくす恋わたくしの

冬ゆふべ女の背中のつや帯びてファックスに立つＡ４用紙

チリコンカン煮詰めてをれば寒の夜を手足の長き悪女とならむ

ペンキ塗るひとが近くにあるらしくやうやく鼻風邪治れるわたし

菓子パンは鞄の底につぶれゆく売りにし実家を沿線に見る

香

新刊の本開くとき立ちまよふ辻の香のあり霧ふかくして

クリストバル・コロンにせまる海潮《うなじほ》やパナマ地峡を越えず甃《たふ》れき

焼き葱に塩を振りをり籠もり居の光市室積はやき夕餉に

靴紐はミツバツツジの葩のいろ縦走の山に朝の香は満つ

若鮎の見初むる夢を頭よりわれ食みつくすその夢の香を

リビング

天麩羅もおこはもつめてくれたりき気まぐれのやうにおとなふときも

居場所寡なく育ちしひとの唯一の居場所でありし叔母のリビング

たましひのそよぐともなき死者の顔痛くはないかわれらの視線

花々は柩とともにまづ燃えむ知らざる花よ茎を折られて

小倉から戸畑を叔母との町歩き小金を持たぬわうばんぶるまひ

しげりゆく夏草のにほひかはらねどしたしき叔母の脱けたる世界

叔母をらぬリビングに差す夏日差しさびしからむよことにゆふぐれ

ピクルスと乾電池

濃き色のムクゲの見ゆる細き窓　ほんたうかなあ呟きふえて

古女房のやうなまな板すーすーといくども乾く炎天は良き

無音にて月はのぼれりこの夏は酸つぱいすつぱいピクルスに凝る

スリッパをはかず素足にすぐす夏十指に踏み込む力を見つむ

断腸花異名すさまじ常臥しのあしたゆふべを子規見遣りしか

二階にてふりたる本を括る音『東洋思想』も『夏子の酒』も

本棚の空間どんどんふえてゆく夫の部屋を夜更け覗けば

台風を待ちうけむとす床を拭きポトフ煮ながら乾電池替ふ

兄弟堂

白抜きの〈あはゆき、ういらう〉濡らしつつ兄弟堂を秋雨の過ぐ

窓越しに老いをなだむる若きこゑ介護離職のひとりなるべし

はうれんさうくつたり煮ゆる常夜鍋よこたはるみどりは脂をまとふ

一膳の箸をあつかふ指構へここにのみのこる父母ありしこと

二〇二〇年十二月十三日　気仙沼より

漂流の九年九ヶ月けふの日を八丈島に着く漁船あり

雪に耐へ日照りにゆがむ洋上の九年九ヶ月船の空つぽ

十年を病養ひ仮設にて老い重ねゆく歌のなかまも

雪掘れる北上川のほとりとふラジオに聴けばひとのなつかし

来む年の一月二月三月の予定書きゆく歌会はなきに

運蕎麦と夫の故郷の呼ぶ習ひまこと運かな年越ゆるとは

へんてこりんな一年でしたと書くひとよへんてこりんなる健やかさこそ

コロナビール

係恋とふことば知りたる日のありき係恋のこころおさへむとして

父の眸《まみ》常あかるきを想ひをり机に続く入力の間《あひ》

テープなど決して投げてくださるな父は酔ふのち歌ひて言ひき

飲み口ゆライム一切れおとしこみコロナビールの壜かちあはす

メキシコの草の香りを放ちたりコロナビールの軽やかな酔ひ

歓びふかき

嗚呼ここでマールボロを咥へむのころあひであらう冬空見つむ

足首をかばひてくるるブーツより花芽の湧き来八千歩ののち

アナーキズム再考の記事寒もどる朝のまなざし百年前の

伊藤野枝　子鹿のばねもつ眼力は歓びふかき心のゆゑに

新調の春のローファー出番なく緘黙しをり靴箱のすみ

棄教者の面差しにしてしろき葩みづきは四月の雨に揺れをり

父の遺品のひとつかこれはヤマト糊固まり果てて底にのこるは

庭石をぢりぢりぢりぢりと移しゆくぢりぢり生きてぢりとひと逝く

半月のかたちに餃子を包み終へ さあはじめるよふたりのうたげ

アペリティフ

五月の緑五月の空はアペリティフのみほしたまへ旅の疲れに

をさなくてこゑととのはず梅雨晴れのあした息継ぎする三光鳥

びはの木が少年となりあけがたをすくやかにひびくひとつ拍動

沢のぼる魚のやうにもびはの木に若葉若葉のいきほふかたち

手を洗ひ心洗へぬ日を積みて一合の米、一合の水

ひとつかみ春雨は鍋にけむりするうつくしき老いを夢見させむと

おかか和へつるむらさきのねばり良し玄米好むこのごろのわれ

母が誂へ鮫小紋などどうかしら十五時過ぎの芙蓉うすべに

郵便配達なくなり土曜を安らかに鋏のねむる机のはしに

石蕗《つは》でなく金柑でもなく蠟梅《らふばい》の黄をあつめたるモヘアセーター

山蔭にみづひきの紅群れゐたり妬みの心根いきいきとして

くちごもりつまづきおほしつたなくてちひさき心にマスクありがたし

青光り

藤の花絡みながらにかをりくる車両不可なる石橋を越ゆ

難波大助生家　山口県熊毛郡周防村二百五十七番屋敷

山背負ひ杉の大樹の影は濃く生家はありぬ朽ちながらなほ

山陽線上下列車の通過音出奔のひとを轢くかのごとく

川の瀬の音もかぶさり廃屋の謂れ示さず百年のまま

青竹の乱立するにまかせてはテロリストてふが青光りする

市ヶ谷刑務所にて執行

子と父の四半世紀の葛藤のふかきよ刑死と餓死に果てたり

遺書にいふ「汚れた骨」の父として六十一歳戒名のなし

けーんけーん周防村に鳴きにけむ未遂をねがひきぎすは春を

廃校の小学校の跡地には大助の心飛び交ふいまを

だれひとり会はぬ田野は春の草隅々までも刈られつくさる

雉鳩よ

口紅を塗らぬ春秋くちびるはしづかに老けてテレビにわらふ

あたらしき日傘は散歩をたのしまむすずらん、ポピーの縫取り載せて

帽かむりマスク、眼鏡にゆがむ視野みどりを切つてとびかふ燕

新緑を花々を灰になさざれど疫病われの恋を弱らす

雉鳩よ八重やまぶきの生垣に人なき窓を見つめてゐるか

夏ごろも吉弥結びに帯しめて根付の鈴をチリンと鳴らす

泳げざるわれに近くて海あれば海は遠くて手を触れぬ恋

ヤマモモの古木は洞を用意して小禽の死の床あまたを蔵ふ

落ち葉して山はなだりを見せたれど山は死にゆくもののこゑせず

不織布に花つつまれて渡されぬこれはきれいな灰になるかしら

黒ヤギさんと白ヤギさんを歌ふころ夜毎ちひさな橋を渡りき

右肩に

人参の葉かげにつどふ秋の陽がぱぴぷぺポトフと日和にうたふ

さびしさもわからなくなり遠出せずバスカードのみのこされてをり

わが犬にシロツメクサの輪を編みし春ちゃんゆふべをみなごを産む

青木の実あかき珠実のかがやくはをみなごゑまふかたはらにして

ふふみつつ母の乳房のばうやうと融けゆけにけり夢のカフェラテ

クリスマス寒波の過ぐる朝の庭こほりひかれりバードバスには

豆の鍋ひくく叫喚しづむるを聴きゐる宵よ小晦日にて

天童の〈雪漫々〉なるひや酒や朝祝ひとて封を切るべし

右肩に石鹼の泡のこせるはわれの癖なり湯船に気づく

ゆふやみに灯りはつけず湯にひたる冬きはまりて日はわづか伸ぶ

Ⅲ

蕾

裏山は大いなる蕾いちぐわつの朝光《かげ》の萌え鳥のとびかふ

健啖な神の朝餉ははじまりぬ山の端の空さびあさぎいろ

クヌギ、クリ、コナラ、カシワとハルニレと　木々の膚《はだへ》に老いのきはだつ

罠かけてあると通告札の垂れわが柴犬の好みし小道

脱走の小道辿れば柴犬の弾みおもほゆ海の見えくる

裏山ゆ月のぼりたりわが眠る屋根をぬらして渉る朝へ

近隣の低山を登る。茶臼山、峨嵋山、また千坊山。

一歩づつ山の冷気のつもりゆき充ちたるときか山靴かるし

島田川河口はひろく輝けり人間魚雷演習の海へ

大水瀬《おほみなせ》小水瀬《こみなせ》の海　出撃死二十六名回天光基地

ニジガハマギクのみどりは山蔭のわづかな光にうるほひてをり

祝島《いはひしま》小祝島《こいはひしま》また牛島《うしま》見ゆはるか四国に照る周防灘

海の道わたらひ来たる朝鮮の通信使団きらきらとして

熊笹をしきりふるはせ寄りきたる紋付鳥の紋洗ひたて

こぼたるる蹲ひのありお社は寛政期の飢餓疫病のゆゑ

横抱きにうばはむとするをとめなり春きさらぎはうぶげのひかる

ああ雪、とあふむくひとのまなざしや山茱萸の枝《え》に咲まひそめたり

春の蓋固くしめなほされていま蓋ににじめる望月の光《かげ》

八十年前

水仙が合唱団のやうに揺れ一重のソプラノ八重のバリトン

やはらかく関節はづむ青少年狩りつくしたり八十年前

対面し記憶のそこひを聴かざりき八十年前を十八歳《じふはち》の父

ゲッセマネ、ゲッセマネと声にのせ冬の黄バラのつぼみを数ふ

卒業の帽子空へと投げあぐるあかるさ三度《みたび》とほのきてをり

子が無きを幸ひとして庭の芽の丈のばしくる二月二十四日

列植の花首ほそきチューリップ八十六名捕虜の交換

あらたしき凌辱ならむ専用機にをんなこどもを連れ帰りたり

映像の向かうに隠れルッキズムよこたはるべし　うつくしき人ら

新緑の樹冠を漕ぎゆく白きふね地上にはもう帰らぬが良い

つはぶき

甥ひとり国境へ征くと『小園』に一首ありたり八十年前

金瓶村に茂吉黙して灰を搔く灰に小さくほのほは立ちて

こゑひくき帰還兵士のものがたり焚火を継がむまへにをはりぬ

帰還兵の歌を成したるその宵に洟の垂れけむくちびるの辺に

てらてらの納体袋の量感がつぎつぎと飛ぶわたくしの前

手を合はすいのりとほざけしばしばも山に分け入る三月四月

春落葉かさなるところ踏みゆけば重なり見ゆる壕の遺体が

通販に「人気の商品」「子供用」納体袋、サイズの記載

ヤマガラの抱卵の日々つづきをり　アゾフスターリに千人が生く

つはぶきの夜々を殖えゆきつぎつぎに刈られ累々まな板のうへ

たらの芽とこごみを揚げて阿波産の索麺に葱、はじかみを添ふ

ずんどうの鍋に湯気立つ街角のリビウのひとは何を啜らむ

餌をはこぶ姿の絶えて雛たちはとうに巣立つかゐながらに見ず

墓石のごとくに函は黒くして民喜全集三巻を蓋ふ

つくえのしたにあたま突つ込み昼寝をす立夏の雨が降りはじめたり

演説があるとふ九日演説に縁なきこころ脱臼をする

アドルフ、ウラジーミルと呼びかくる母の声かなふたりの母の

ピョートル・チャイコフスキー　一八七八年五月作曲

「なつかしき土地の想い出」その音量おさへてこれは如何なるこころ

つぶつぶにひかるもち米をてのひらに半殺しなるぼた餅のつや

サップボード

たつぷりと泣けてくるかな西行の麦笛鳴らすうなゐ子の歌

最速の夏が駆けくる東京のおとうとに送らむ白くまアイス

否定するこころに前進力の生《あ》れ父も母をもふかく否みき

生業にまみれながらに逃れたきこころの崖を今想ふのみ

炎天の川岸に迷ふ行きあふは民喜の詩碑と樟の木漏れ日

サップボードあやつる三人《みたり》の短パンの黄、黄、赤ゆく元安川を

ウクライナみたいぢや老いのつぶやきはポトリ落ちたり展示室内

担任が生徒がわらふ幟町国民学校全焼以前

監督は早川千絵、カンヌにてカメラ・ドール特別賞
ザワザワの気色のわるきしづけさが圧縮されて『ＰＬＡＮ７５』

ころがれり

歌できぬわれに出たまへけしばうずよだれをつけて歌はせたまへ

琉球の指笛のやうな鳥のこゑ君の喩へに耳わらひだす

どぶろくは母乳のしづく六月のゆふべをひととやや狂れてゆく

よく走り食べ飲み笑ふヒロインをわらふ火曜日十時の夫

五つ六つ小さき頭蓋ころがれりあしたゆふべに拾ふ姫沙羅

葛のつる風雨に揺るる　兄とわれ、おとうとを産むくらがりありき

雨を呼ぶあしたの風の囲みたり粥のひと椀ひかりのにじむ

筋力を鍛へむとしてスーパーに棚田米買ふ三キロがほど

三キロを背負ひ坂をのぼりたりわれが兵役ねがふ日や来る

あとがき

『アペリティフの杯』は、『天花』に続く第六歌集であり、四三〇首を自選して収めた。期間は二〇一五年秋から二〇二二年初秋までとなる。

「アペリティフ」は食前酒を指す。食欲を開くという意味もあり、小ぶりのグラスに注がれる一杯は好ましく、料理への期待と開放感、席を同じくする人々への親愛感も湧き、お気に入りの響きである。今、時代は混迷し、新旧が烈しく入れ替わる底の知れない裂け目にある。また自身を振り返れば、初めての歌集出版から三十年を経た。拙い歩みを重ねて無邪気でいる場合ではないのだが、いまだ歌のアペリティフを乾さんとする悦びが私の体を占めている。歌との歳月が贈ってくれた幸福なのだろう。

この期間、二〇二〇年二月の歌会以後、突如三月から歌会は閉じられ、二年八ヶ月の日々、高松での歌会に参加できなかった。新しい歌集は歌会再開がかなってからと念じながら、昨年十月にふたたび瀬戸内海を渡り得た。交わされる批評の声音、呼吸の間にひたり、マスクごしではあるがそこに、生身の仲間が在ることがうれしい。

玉井清弘先生には拙稿の初めての読者をお引き受けいただき、今回六回目となる。多くは語られないが、一首の調べに対しての試行錯誤を今回は学んだと思う。変わらないご指導に心よりお礼申しあげます。

本阿弥書店の奥田洋子様、松島佳奈子様には大変お世話になり、ありがとうございました。長谷川周平様の装幀も心待ちです。

歌への歩みは遅々としているが、楽しみながらそろそろ主菜へとすすんでいかなければと願う。時代の変容を噛みしめながら。

二〇二三年八月十一日　祝日

上村　典子

著者略歴

上村 典子（うえむら のりこ）

1958年　山口市生まれ。
1985年　「音」短歌会に入会。現在編集運営委員、選者。
　　　　山口県光市在住。

著書
『草上のカヌー』（砂子屋書房、1993年）
『開放弦』（砂子屋書房、2001年）
『貝母《ばいも》』（ながらみ書房、2005年）第14回ながらみ書房出版賞
『手火《たひ》』（ながらみ書房、2008年）
『上村典子歌集』（現代短歌文庫、砂子屋書房、2011年）
『天花《てんげ》』（現代女性歌人叢書、ながらみ書房、2015年）
『うた読む窓辺、うた待つ海辺』（鶫書房、2018年）

音叢書

歌集　アペリティフの杯《はい》

2023年11月16日　初版

著　者　上村　典子
発行者　奥田　洋子
発行所　本阿弥《ほんあみ》書店
　　　　東京都千代田区神田猿楽町2-1-8　三恵ビル　〒101-0064
　　　　電話　03(3294)7068(代)　　　振替　00100-5-164430

印刷・製本　三和印刷(株)

定　価：3080円（本体2800円）⑩

ISBN 978-4-7768-1663-8 C0092 (3379)　Printed in Japan